O Bolinha aprende a contar.
Ele foi dar um passeio
e encontrou **um** esquilo que
andava a apanhar bolotas
para armazenar para
o Inverno.

E depois viu **dois** coelhos
escondidos nas ervas.

Olá! O Bolinha acaba de encontrar
três raposinhas.

Lá vêm **quatro** caracóis a deslizar devagarinho...

enquanto **cinco** encantadoras borboletas esvoaçam por ali.

O Bolinha olha para o céu e conta **seis** patos a voar.

Sete minhocas saem dos seus buracos
para ver os patos.

O Bolinha conta **oito** rãs a saltar...

e **nove** formigas a subir por uma árvore.

Lá estão **dez** ratinhos
a brincar ao sol,

e **onze** peixinhos a nadar no ribeiro.

Por fim, o Bolinha conta **doze** lindos passarinhos e depois vai para casa jantar.